令月、時は和し気は清し

――張衡『帰田賦』

東京古典研究会編

JN195149

MP ミヤオビパブリッシング

序に代えて

時は今、わが国では「平成」から「令和」へと時代が移ろうとしている。現憲法下で初めてであることはもちろん、旧憲法下でもなかった天皇の退位、そして新元号を改元する前に発表するなど、前例のない手続きを経つつ、新時代が来ようとしている。

平成三十一年（二〇一九年）四月一日、すなわち改元の一カ月前に発表された「令和」という元号そのものも、中国漢籍ではなく、わが国が世界に誇る最古の和歌集である『万葉集』（八世紀後半成立）を典拠としていることも話題となった。踏襲《とうしゅう》すべきものは正しく踏襲しつつ、今までにないことを試みるというその方法論は、新しい時代にふさわしいといえよう。

内閣官房長官が新元号を公表した際に「出典は『万葉集』である」とした。具体的には『万葉集』（大伴家持《おおとものやかもち》編纂という）巻五に収録されている「梅花歌《うめのはなのうた》卅二首《さんじゅうにしゅ》 并序《あわせてじょ》」（以下「梅花歌」）の「序」の一節である。

　于時、初春令月、気淑風和

（時に、初春の令月《れいげつ》にして、気淑《よ》く風和《やわら》ぐ）

この文は王羲之《おうぎし》（三〇三年〜三六一年）の『蘭亭序《らんていじょ》』を踏まえて書かれたものとされている。

　是日也、天朗気清、恵風和暢

（この日や、天朗《ほが》らかに気清く、恵風和暢《けいふうわちょう》なり）

王羲之がこの文の元にしたのが、張衡平子《ちょうこうへいし》（七八年〜一三九年）の『帰田賦《きでんのふ》』なのである。

於是、仲春令月、時和気清

（是《ここ》において、仲春令月、時は和《わ》し気は清し）

張衡は後漢《ごかん》の官僚で、発明家でもあった人物である。

誤解のないようにしておきたいが、本書は、「典拠としてどちらが正しいか」などということを述べようとするものではない。「令和」という元号の発案者は公にはなっていないが、その人は間違いなく「梅花歌」から採ったのであり、『万葉集』が典拠であることは間違いない。

しかし、その「梅花歌」の編者とされる大伴旅人《おおとものたびと》（「序」は山上憶良《やまのうえのおくら》か）が、その序文を書くにあたって、中国の詩文集『文選《もんぜん》』に載っていた張衡の『帰田賦』を踏まえていたこともまた間違いなかろう、と指摘しておきたいのである。

当時の日本は、超大国であった唐《とう》（中国）の先進的文化を取り入れることに積極的であった時代であり、『文選』は貴族階級にとっては必読の書であった。『文選』の一節を引用あるいは借用しつつ詩文を作れることが「教養人」の条件だった。「梅花歌」のこの「序」は、万葉仮名で書かれた和歌の部分とは異なり漢文で書かれているので、一流の歌人・教養人であった編者にしてみれば、『文選』を踏まえて序文を書くことは、いわば当然のことであった。

そして、詳しくは後述するが、この張衡の『帰田賦』自体も、さらにそれより古い『楚辞《そじ》』や『老子《ろうし》』など、さまざまな中国の古典を踏まえて作られていることも指摘しておきたい。古いものを踏まえて、新しいものを作る。実はそれが「進歩」というものなのであろう。その意味では、張衡も『万葉集』の編者も、国も時代も異なるが、両者ともに実に「進歩的」であったといえる。

ちなみに、東京大学教授の小島毅氏（『朝日新聞』「平成から令和へ」四月十日付）や日本総研主席研究員の藻《も》谷《たに》浩《こう》介《すけ》氏（『毎日新聞』「時代の風」四月十四日付）も、新元号「令和」について指摘しているように、本来、やまと言葉に「れ」で始まる単語はなく、「令和」を「れいわ」と読ませるのは、極めて「漢語」的である。当時の日本語においては、漢語であっても、この文字を含む「令旨」「令外官」などは、それぞれ「りょうじ」「りょうげのかん」と呉《ご》音で読む。常用漢字の「令」には「れい」という読みしか認められていないからかもしれないが、いっそ、常用漢字表を無視して「りょうわ」と読めば、より一層日本的な元号になったかもしれない。「暦応」（一三三八年〜一三四二年）を「れきおう」

ではなく「りゃくおう」と読んだ前例もある。

読み方、発音については、感覚や感性の問題なのでさまざまな受け止め方があり得るが、意味的にはどうであろう。押さえておかなければならないのは、『万葉集』にしろ『帰田賦』にしろ、この「令」の文字は、「すばらしい」「よい」という意味で用いていることである。したがって、公式に「典拠は『万葉集』とした以上、「令」を命令ととらえて「統制下における平和」などという解釈は、曲解《きょっかい》ということになる。

このような議論を深める意味においても、典拠となる古典を訪ねることは、意義深いことである。しかも、訪ねるべきは一つとは限らない。さらにその先、その先へと遡ることも大切であろう。本書をその手掛かりとしていただければ幸いである。

目次

凡例

一、漢詩の引用にあたっては、原則として新字体のあるものは新字体を用いた。

一、書き下し文などは、本来歴史的仮名遣いによって記すべきものであるが、読者の便宜をはかって新仮名遣いによって記した。

『帰田賦』

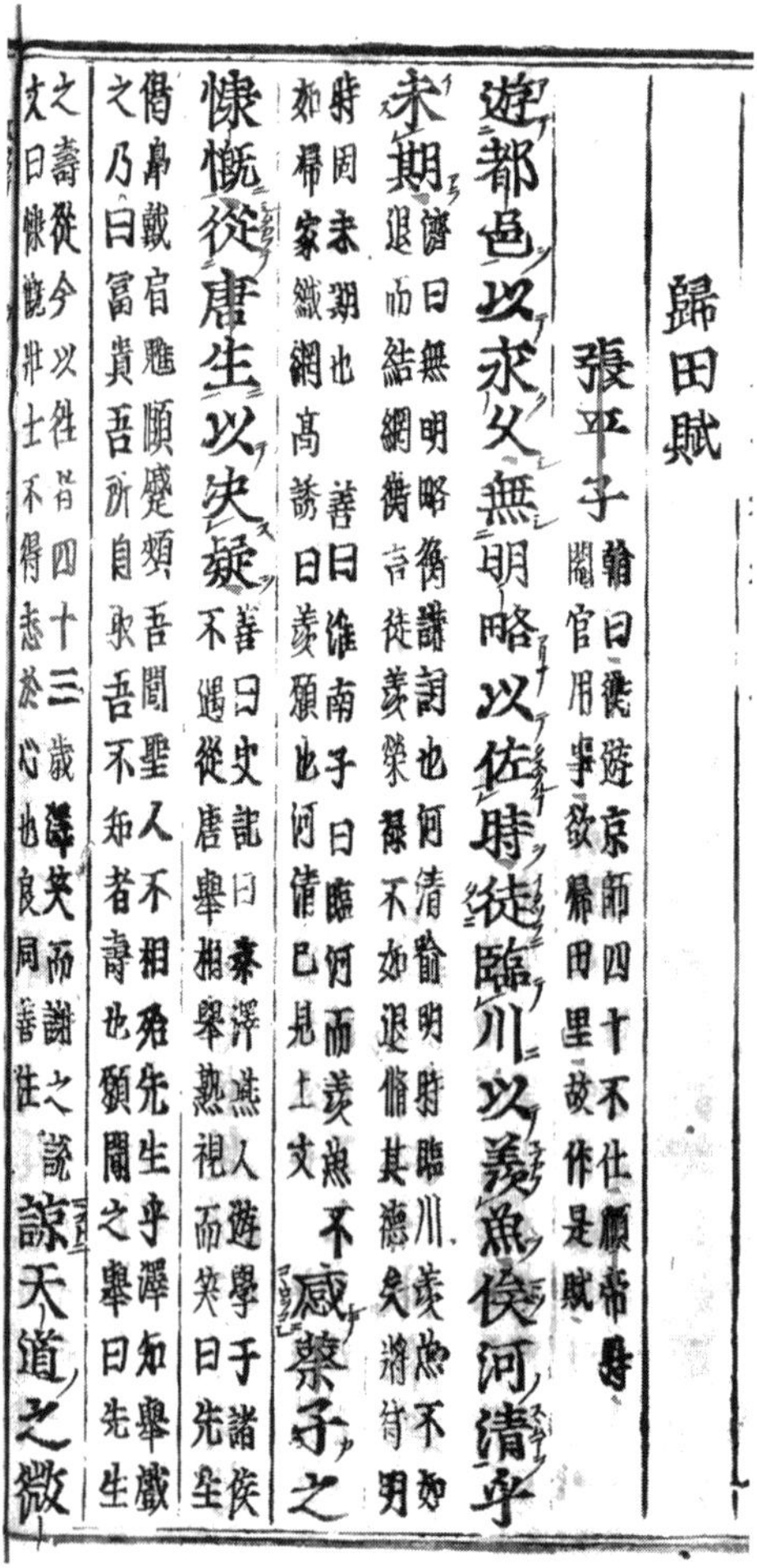

歸田賦

張平子　翰曰衡遊京師四十不仕順帝時閹官用事欲歸田里故作是賦

遊都邑以永久無明略以佐時徒臨川以羨魚俟河清乎未期　濟曰無明略謂無明謀也河清喻明時臨川羨魚不如退而結網傷己徒羨榮祿不如退脩其德矣將待明時因未期也　善曰淮南子曰臨河而羨魚不如歸家織網高誘曰羨願也河清已見上文

感蔡子之慷慨從唐生以決疑　善曰史記曰蔡澤燕人遊學于諸侯不遇從唐舉相舉熟視而笑曰先生曷鼻戴肩魋顏蹙頞吾聞聖人不相殆先生乎澤知舉戲之乃曰富貴吾所自有吾不知者壽也願聞之舉曰先生之壽從今以往者四十三歲澤笑而謝之說文曰慷慨壯士不得志於心也良同善注

諒天道之微

『文選』巻第十五（6世紀初め・中国南北朝時代撰）に収録された『帰田賦』（版本）

昧追漁父以同嬉銑曰嬉信嬉樂也天道微昧不可知且與漁翁之父同樂於川澤　善曰司馬遷悲士不遇賦曰天道悠昧王逸楚辭序曰漁父避世隱身釣魚上濱欣然而樂漁父歌曰滄浪之水清可以濯吾纓滄浪之水濁可以濯吾足嬉樂也超埃塵以遐逝與世事乎長辭於是仲春令月時和氣清源隰習鬱茂百草滋榮王雎鼓翼鶬鶊哀鳴向曰王雎鶬鶊皆鳥也　善曰世務紛濁以喩塵埃莊子曰遊乎塵埃之外儀禮曰令月吉日鄭玄曰令善也雎鳩王鳩也郭璞曰雎類也爾雅曰倉庚黃鸝也鸝音利交頸頡頏平關關嚶嚶烏耕反　翰曰相與交其項而爲聲自得其性也　善曰毛萇詩傳曰飛而上曰頡飛而下曰頏爾雅曰關關嚶嚶音聲和也於焉逍遙聊以娛情濟曰與鳥同樂　善曰毛詩曰於焉逍遙爾乃龍吟方澤虎嘯山丘良曰方澤大澤也雲從龍風從虎故龍虎吟嘯以召風雲　善曰言已從容吟嘯齊乎龍虎春秋元命苞曰弧星高則擧藤吟淮南子曰虎嘯而谷風至仰飛纖繳酌俯釣長流解

善本作觸字矢而斃貪餌吞鉤落雲間之逸禽懸淵沈之魦沙
鰡音留　銑曰繳繳弋射也鳥飛高所以仰射魚沈深所以脩鉤鳥致斃由觸矢魚吞鉤由貪餌逸禽鶴鴈也魦
鰡魚也鳥在上故云落魚在下故云懸　善曰楚辭曰知貪餌而近斃列子曰詹何以獨繭為綸芒針為鉤引盈車
之魚於百仞之淵楚王問其故詹何曰蒲且子之弋弱弓纖繳連雙鶬於青雲之際臣因學釣五年始盡其道毛萇
詩傳曰魦鮀也字指曰鰡魦屬于時曜靈俄景繼善本作係字以望舒向曰曜靈日也
俄邪也望舒月也　善曰王逸楚辭注曰望舒月御也俄斜也極盤善本作般字遊之至樂雖
日夕而忘劬感老氏之遺誡且善本作將字迴駕乎蓬廬翰曰劬勞
也老子曰馳騁田獵令人心發狂感此誡而歸於蓬廬善曰尚書曰般遊無度注曰精神安靜馳騁呼吸精散氣
亡故發狂劉向雅琴賦曰潛坐蓬廬之中巖石之下彈五絃之妙指詠周孔之圖書
濟曰五絃琴舜所作也圖書周公孔子所脩之書言慕古人之道故常此琴而詠此書也　善曰五絃琴也樂記曰

舜作五絃之琴以歌南風蔡邕琴操曰伏羲氏作琴絃有五者象五行也周周公孔孔子也揮翰墨以

奮藻陳三皇之軌模良曰翰筆也奮藻謂著文章陳述伏犧神農黃帝之道德賈逵國語注曰軌法也鄭玄毛詩箋曰模法也莫奴切

苟縱心於域善本作物字外善本有安字焉知

榮辱之所如向曰衡苦於特政故以此辭自解苟且如往也善曰班固漢書賈鄒述曰榮如辱如有機有樞

文選卷第十五

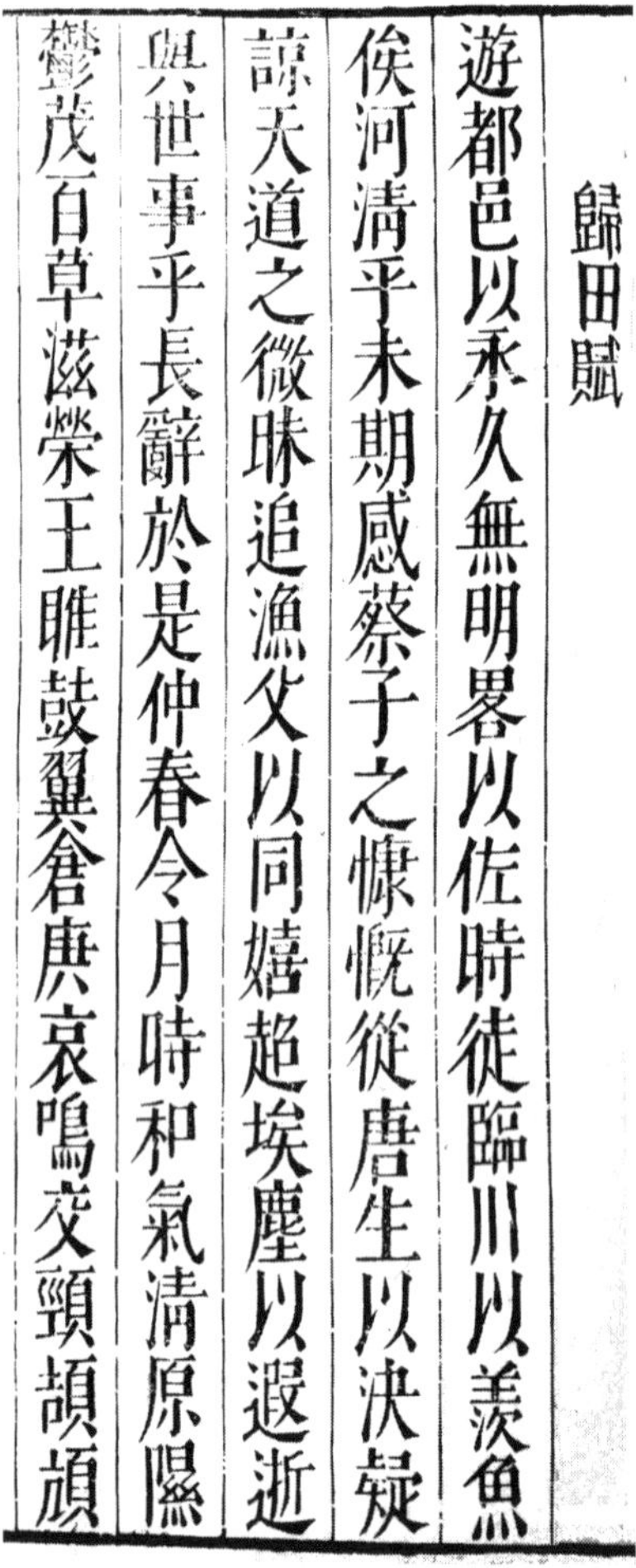

歸田賦

遊都邑以永久無明畧以佐時徒臨川以羨魚
俟河清乎未期感蔡子之慷慨從唐生以決疑
諒天道之微昧追漁父以同嬉超埃塵以遐逝
與世事乎長辭於是仲春令月時和氣清原隰
鬱茂百草滋榮王雎鼓翼倉庚哀鳴交頸頡頏

『漢魏七十二家文集』(17世紀前半)巻之四
所収の「帰田賦」(版本)

關關嚶嚶於焉逍遥聊以娛情爾乃龍吟方澤
虎嘯山丘仰飛纖繳俯釣長流觸矢而斃貪餌
呑鉤落雲間之逸禽懸淵沈之魦鰡于時曜靈
俄景繼以望舒極盤遊之至樂雖日夕而忘劬
感老氏之遺誡將迴駕乎蓬廬彈五絃之妙指
詠周孔之圖書揮翰墨以奮藻陳三皇之軌模
苟縱心於域外安知榮辱之所如

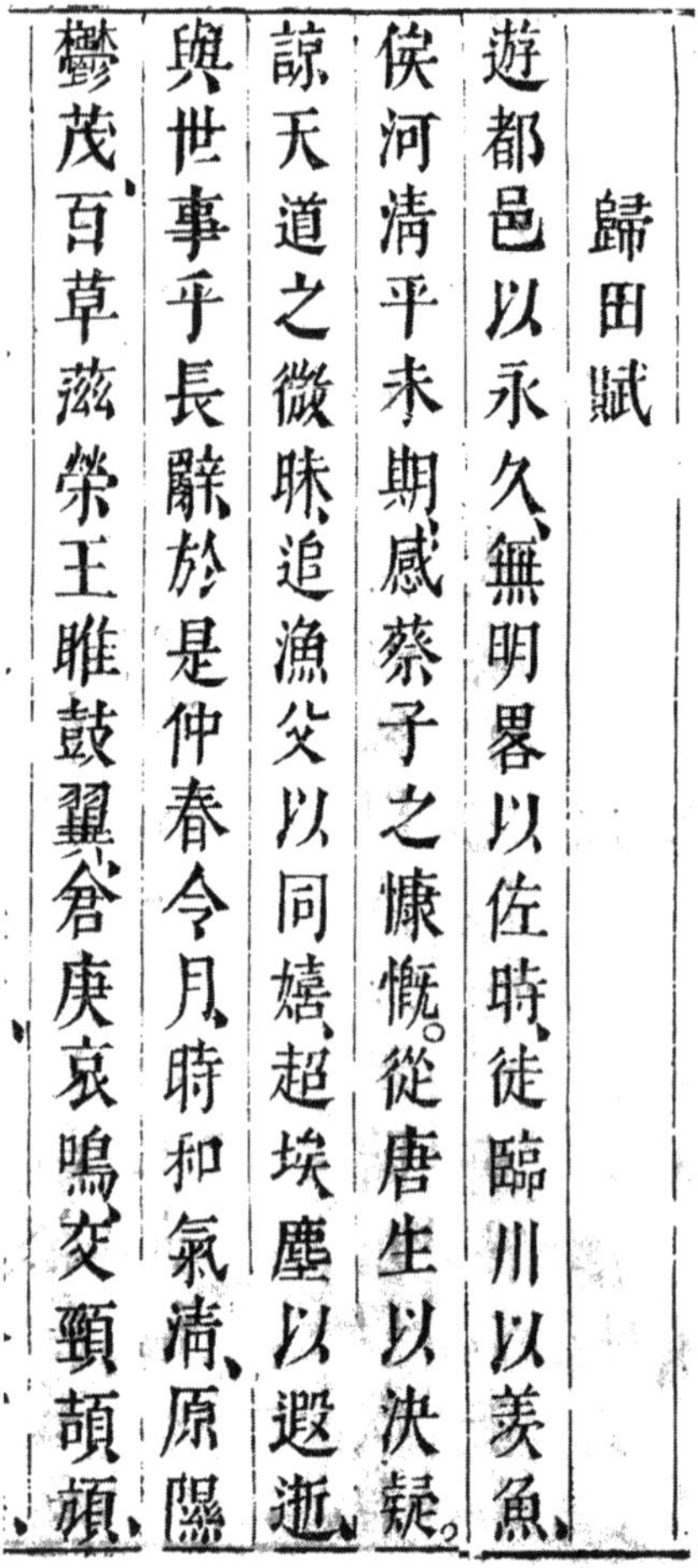

歸田賦

遊都邑以永久、無明畧以佐時、徒臨川以羨魚、
俟河清乎未期、感蔡子之慷慨。從唐生以決疑。
諒天道之微昧、追漁父以同嬉、超埃塵以遐逝、
與世事乎長辭、於是仲春令月、時和氣清、原隰
鬱茂、百草滋榮王雎鼓翼、倉庚哀鳴交頸頡頏、

『漢魏六朝百名家集』(17世紀前半)巻九
所収の「帰田賦」(版本)

關關嚶嚶、於焉逍遥、聊以娯情、爾乃龍吟方澤、
虎嘯山丘、仰飛纖繳、俯釣長流、觸矢而斃、貪餌
吞鉤、落雲間之逸禽、懸淵沈之魦鰡、于時矅靈
俄景、繼以望舒、極盤遊之至樂、雖日夕而忘劬、
感老氏之遺誡、將廻駕乎蓬廬、彈五絃之玅指、
詠周孔之圖書、揮翰墨以奮藻、陳三皇之軌模、
苟縱心於域外、安知榮辱之所如、

帰田賦

張平子

遊都邑以永久、
無明略以佐時。
徒臨川以羨魚、
俟河清乎未期。

＊書き下し文34頁
＊現代語訳38頁

＊帰田賦……「帰田」は、職を辞任して故郷に帰ること。

＊張平子《へいし》……平子は張衡の字《あざな》。

＊徒臨レ川以羨レ魚……前漢の淮南王劉安《わいなんおうりゅうあん》が編纂《へんさん》させた思想書『淮南子《えなんじ》』の巻十七「説林《ぜいりん》」に「河に臨んで魚を羨《うらや》むは、家に帰りて網《あみ》を織《お》るに如《し》かず（川岸に立ってただ魚を欲しがるより、家に帰って網を編むほうがよい）」とある。

＊俟二河清一……孔子が編纂したとされる歴史書『春秋』の注釈書の中で最も有名な『春秋左氏伝《しゅんじゅうさしでん》』の「襄公《じょうこう》八年」の条に引用された詩の「河の清《す》まんことを俟《ま》つも、人寿《じんじゅ》は幾何《いくばく》ぞ（黄河《こうが》の水が澄むことを待つにも、人の寿命がどのくらいあると思うのか）」に基づく。なおこの詩は『詩経《しきょう》』には採録されていない。「河清」は、めったにない好機の喩《たと》え。

感二蔡子之慷慨一、
従二唐生一以決レ疑。
諒二天道之微昧一、
追二漁父一以同レ嬉。
超二埃塵一以遐逝、
与二世事一乎長辞。

＊書き下し文34頁
＊現代語訳38頁

＊感二蔡子之慷慨一、従二唐生一以決レ疑……蔡子《さいし》とは、戦国時代の遊説家《ゆうぜいか》蔡沢《さいたく》のこと。秦《しん》の昭王《しょうおう》の時に宰相《さいしょう》となった。「慷慨《こうがい》」は、身の不遇を嘆くこと。『史記』の「范雎《はんしょ》蔡沢列伝」に、蔡沢は若い頃から諸侯《しょこう》をめぐって仕官を求めたが、どこにも採用されなかったため、唐挙《とうきょ》という人物に人相を見てもらったとある。

＊天道之微味……人の幸不幸を支配する天の意志は測りがたい、という意味。司馬遷《しばせん》の「『悲シム二士ノ不遇一ヲ賦』」(『芸文類聚』)に「天道は悠味《ゆうまい》たり」という句があるという。

＊漁父《ぎょほ》……戦国時代の楚《そ》の国の詞華《しか》集である『楚辞《そじ》』の「漁父」の登場人物。屈原《くつげん》と問答をし、隠遁《いんとん》を勧めた漁師を指す。ここから「漁父」とは、俗世を嫌って隠遁する人物の喩《たと》えとなった。屈原は実在したと思われる楚《そ》の国の政治家・詩人で、王にまごころを持って忠告したが聞き入れられず、絶望して入水自殺した。

於レ是仲春令月、
時和気清、
原隰郁茂、
百草滋栄。
王雎鼓レ翼、
倉庚哀鳴、
交レ頸頡頏、
関関嚶嚶。

＊書き下し文35頁
＊現代語訳41頁

＊仲春《ちゅうしゅん》……春の只中《ただなか》のひと月。旧暦二月のこと。
＊令……ここでは、状態がすばらしい、という意味。
＊隰《しつ》……湿地、湿原。
＊滋栄《じえい》……どちらの文字も盛んに茂るの意味。
＊王雎《おうしょ》……雎鳩《しょきゅう》とも書く。魚を捕って食べる鳥であるミサゴのこと。
＊倉庚《そうい》……コウライウグイスのこと。日本の鶯《うぐいす》とは姿も声も異なる別の種だが、中国では声が美しい野鳥として知られ、詩などによく詠まれる。
＊交頸《こうがい》……鳥や獣《けもの》の雄《おす》と雌《めす》が首をすり合わせて仲睦《むつ》まじくしている様子。道家《どうか》の基本文献である『荘子《そうじ》』の「馬蹄篇《ばてい》」に、「(馬は)喜べば則ち頸《くび》を交へて相靡《あいす》り、怒れば則ち背を分かちて相踶《あいけ》る」とある。
＊頡頏《けっこう》……飛び上がったり、舞い下りたりすること。
＊関関嚶嚶《かんかんおうおう》……「関関」も「嚶嚶」も、ともに鳥ののどかな鳴き声を表現したもの。中国最古の詩集である『詩経《しきょう》』の「関雎《かんしょ》」に、「関関たる雎鳩」、「伐木《ばつぼく》」に「鳥鳴くこと嚶嚶」とある。

於レ焉逍遥、
聊以娯レ情
尓乃竜吟ニ方沢一、
虎嘯ニ山丘一。

＊書き下し文35頁
＊現代語訳42頁

＊方沢《ほうたく》……広大な沼沢地《しょうたくち》。「方」は、「旁《ぼう》」と同じで大きいの意味。

＊嘯《しょう》……口をすぼめて息を強く長く吹き出すこと。あるいは声を長く引いて歌うこと。

仰飛㆓纖繳㆒、
俯釣㆓長流㆒。
触㆑矢而斃、
貪㆑餌呑㆑鉤。

＊纖繳《せんしゃく》……鳥を捕らえるために矢に細い糸をつけたもの、あるいはその糸。飛んでいる鳥が触れるとからみつく。

＊書き下し文36頁
＊現代語訳40頁

落㆓雲間之逸禽㆒、
懸㆓淵沈之鯊鰡㆒。
於㆑時曜霊俄㆑景、
継以㆓望舒㆒。

＊淵沈《えんちん》……水が極めて深いこと。
＊鯊鰡《さりゅう》……「魦《はぜ》」も「鰡」も川底に棲《す》む小魚のこと。
＊曜霊《ようれい》……太陽のこと。「曜」は「耀」に通じ、光輝く、の意味がある。
＊望舒《ぼうじょ》……中国の神話における、月を乗せて天を巡る車の御者《ぎょしゃ》。転じて、月自体を指す。

＊書き下し文36頁
＊現代語訳41頁

極㆓般遊之至楽㆒、
雖㆓日夕㆒而忘㆑劬。

＊般遊《はんゆう》……「般」は巡るの意味で、遊びまわること。
＊劬《く》……疲れる、労わるの意。

＊書き下し文36頁
＊現代語訳41頁

感二老氏之遺誡一、
将レ回二駕乎蓬廬一。

＊書き下し文36頁
＊現代語訳41頁

＊老氏之遺誡……老子が残した教え。『荘子《そうじ》』と並ぶ道家の経典《けいてん》である『老子』（書名）は一般に老子（人名）の著とされるが、その第十二章に「馳騁田猟《ちていでんりょう》は人の心をして発狂せしむ」とある。なお、老子（人名）は一種の尊称であるが、実在したかどうかも含めて、その時代や名前については諸説あってわかっていない。

＊駕《が》……馬が引く車のこと。馬車。古代中国では貴人《きじん》は車に乗って外出するのが常だった。

＊蓬廬《ほうろ》……草で作ったような粗末な家、庵《いおり》。自分の家についてのへりくだった表現。

弾㆓五絃之妙指㆒、
詠㆓周孔之図書㆒。

＊弾㆓五絃之妙指㆒……「五絃」（五弦）は、伝説上の五帝の一人である舜《しゅん》が作ったとされる五本の弦を張った琴。儒教で重んじられる五経の一つである『礼記《らいき》』の「楽記《がっき》」に「舜《しゅん》は五弦の琴を為《つく》り、以《も》って南風を歌う」とある。五帝については三皇の項を参照のこと。

＊周孔之図書……周公《しゅうこう》と孔子が著述したとされる儒教の経典『四書五経《ししょごきょう》』などを指す。周公は、周王朝を開いた武王の弟で、聖人として知られる周公旦《しゅうこうたん》のこと。孔子は中国史上最大の思想家で儒家の始祖である孔丘《こうきゅう》のこと。ただし、両人とも筆を執って自らの思想を著述したことはなく、その教えは歴史書（『史記』など）に記された言動や、弟子たちが師の発言をまとめたもの（『論語』など）によって伝わっている。

＊書き下し文37頁
＊現代語訳42頁

揮二翰墨以奮レ藻、
陳二三皇之軌模一。
苟縦二心於物外一、
安知二栄辱之所レ如。

＊書き下し文37頁
＊現代語訳42頁

＊翰墨《かんぼく》……筆と墨。
＊藻《そう》……ここでは文章の意味。
＊三皇《さんこう》……中国の伝説の三人の帝王。中国を最初に治めたとされるが、半神半獣《じゅう》の神秘的な帝王だったといわれる。誰を三人に数えるかという点では伏羲《ふっき》・神農《しんのう》・女媧《じょか》など諸説ある。三皇の後、五帝が現れたとするのが、五帝より前に三皇を置くのは、実は張衡より後代の魏《ぎ》・晋《しん》・南北朝のころからとされる。なお、中国の歴代王朝の「皇帝」という言葉はこの三皇五帝の「皇」と「帝」の文字を組み合わせて作った尊称である。また、五帝の最後の一人である禹《う》が、初めての世襲《せしゅう》王朝である夏《か》を建てたとされる。
＊軌模《きぼ》……規範、手本。
＊物外《ぶつがい》……世俗を超越した世界。

『帰田賦』書き下し文

＊原文20頁、現代語訳38頁

都邑《とゆう》に遊《あそ》びて以《も》って永久《えいきゅう》なるも、明略《めいりゃく》の以《も》って時《とき》を佐《たす》くる無《な》し。

徒《いたずら》に川《かわ》に臨《のぞ》みて以《も》って魚《うお》を羨《うらや》み、河《か》の清《す》むことを俟《ま》てども未《いま》だ期《き》あらず。

蔡子《さいし》の慷慨《こうがい》するに感《かん》じ、唐生《とうせい》に従《したが》いて以《も》って疑《うたが》いを決《け》っせり。

天道《てんどう》の微味《びまい》なるを諒《まこと》とし、漁父《ぎょほ》を追《お》ひて以《も》って嬉《よろこ》びを同《おな》じくす。
埃塵《あいじん》を超《こ》えて以《も》って遐《とお》く逝《ゆ》き、世事《せいじ》と長《なが》く辞《じ》す。
是《ここ》に於《おい》て仲春《ちゅうしゅん》令月《れいげつ》、時は和《わ》し気は清《きよ》し。
原隰《げんしゅう》は郁茂《いくも》し、百草《ひゃくそう》は滋栄《じえい》す。
王雎《おうしょ》は翼《つばさ》を鼓《こ》し、倉庚《そうこう》は哀《かな》しみ鳴《な》く。
頸《くび》を交《まじ》へて頡頏《けっこう》し、関関嚶嚶《かんかんおうおう》たり。
焉《ここ》に於《おい》て逍遥《しょうよう》し、聊《いささ》か以《も》って情《じょう》を娯《たの》しましむ。

尓《しか》して乃《すなわ》ち竜《りょう》のごとくに方沢《ほうたく》に吟《ぎん》じ、虎《とら》のごとくに山丘《さんきゅう》に嘯《うそぶ》く。
仰《あお》ぎて繊繳《せんしゃく》を飛《と》ばし、俯《ふ》して長流《ちょうりゅう》に釣《つ》る。
矢《や》に触《ふ》れて斃《たお》れ、餌《え》を貪《むさぼ》りて鈎《つりばり》を呑《の》む。
雲間《うんかん》の逸禽《いっきん》を落《お》とし、淵沈《えんちん》の鯊鰡《さりゅう》を懸《か》く。
時《とき》に曜霊《ようれい》景《ひかり》を俄《かたむ》け、継《つ》ぐに望舒《ぼうじょ》を以《も》ってす。
般遊《はんゆう》の至楽《しらく》を極《きわ》め、日夕《ひかたむ》くと雖《いえど》も劬《つか》るるを忘《わす》る。
老氏《ろうし》の遺誡《いかい》に感《かん》じ、将《まさ》に駕《が》を蓬廬《ほうろ》に回《めぐ》らさんとす。

五絃《ごげん》の妙指《みょうし》を弾《だん》じ、周孔《しゅうこう》の図書《としょ》を詠《えい》ず。
翰墨《かんぼく》を揮《ふる》いて以《も》って藻《そう》を奮《ふる》い、三皇《さんこう》の軌模《きぼ》を陳《の》ぶ。
苟《いやし》くも心《こころ》を物外《ぶつがい》に縦《はな》たば、安《いず》くんぞ栄辱《えいじょく》の如《ゆ》く所《ところ》を知《し》らん。

#『帰田賦』現代語訳

*原文20頁、書き下し34頁

私が都に上って漢の皇帝陛下(安帝《あんてい》)に仕えて以来、長い年月が流れたが、優れた策をもってその時々の陛下を補佐するわけでもない。

ひたすら河辺に立って魚が飛び上がって来るのを望むように、常に濁っている黄河《こうが》の水が澄むような千載一遇《せんざいいちぐう》の機会を待っていた。

秦《しん》の宰相《さいしょう》にまでなった蔡沢《さいたく》は若いころ身の不遇を嘆き、人相見の唐挙《とうきょ》に人相を見てもらったというが、私も誰かに見てもらって判断してほしいと思う。

しかし、まことにこの世のすべてを支配する天のことわりは微妙で、人の身に理解できないものである以上、かの悲劇の詩人政治家であった屈原《くつげん》を教え諭《さと》した漁師を追って世間から姿を消して隠れ住み、そのような隠者《いんじゃ》の生活の楽しみを分かち合いたい。

汚れた俗界を離れて遠くへ立ち去って、世間の雑事とは永久に別れたいものだ。

さて、春も半《なか》ばで月は麗《うるわ》しく、時候《じこう》は穏やかで、空気は清々《すがすが》しい。

野原も湿原も植物が盛んに生え、生えた多くの草は盛んに伸びて茂る。

鶚《みさご》(鳥)は羽ばたき、鶯《うぐいす》は美しい声で悲しげに鳴く。鳥は雄《おす》と雌《めす》が首をすり寄せて飛び上がっては舞い下り、さまざまな声で鳴いている。

そのような中をさすらえば、多少なりとも私の心を楽しませるのだ。

大きな沼地では竜が吼《ほ》えるように歌い、山や丘では虎が吼えるように歌う。

空を仰いで長い糸をつけた矢を弓で飛ばし、うつむいて大きな川に釣り糸を垂れる。

鳥は矢についた糸にからまって飛べなくなり、魚は餌《えさ》を貪《むさぼ》って釣針を飲み込む。雲の間を飛ぶ鳥を落とし、深い川の底に潜《ひそ》む魚を釣り上げるのだ。

そうこうしているうちに日の光が斜めになり、日に代わって月が昇って来る。

戸外を遊びまわって楽しみを極め、日が傾いても疲れを覚えなかった。

「無為自然《むいしぜん》」を説いた老子《ろうし》の教えを思い出し、車をささやかな我が家に戻そうとした。家に戻って、五弦《ごげん》の琴をつま弾《はじ》き、聖人中の聖人である周公旦《しゅうこうたん》と、彼を慕って儒学を興した孔子《こうし》の書物を朗読した。

筆を振るって文章を作り、この世で最初に表れた三人の聖なる帝王の定めた規則を書き付ける。

もしも心を世俗《せぞく》から離れた世界に解放することができるならば、この俗世の栄光や恥辱《ちじょく》の行方など知るところではない。

『帰田賦』の作者・張衡とは？

志操堅固《しそうけんご》で名利《みょうり》に淡泊な英才

中国後漢《ごかん》時代の政治家、天文学者、発明家、製図家、文学者。字《あざな》は平子《へいし》。後漢第六代安帝《あんてい》と第八代順帝《じゅんてい》に仕えた。

建初《けんしょ》三年(七八年)に、南陽郡西鄂県《なんようぐんせいがく》の地方官吏《かんり》の子として生まれた。南陽の張氏は名族で、祖父の張堪《ちょうたん》は蜀郡《しょく》(四川省成都《しせんしょうせいと》の一帯)等の太守《たいしゅ》も勤めたが、その後は栄達からは遠ざかっていた。張衡は若年より学問を好み、英才の誉れ高く、洛陽《らくよう》と長安《ちょうあん》に遊学し、当時の最高学府であった太学《たいがく》で学んだが、志操堅固で名利に淡泊であった。

後漢第四代和帝《わてい》の外戚《がいせき》であった、同じ南陽郡出身の大将軍鄧騭《とうしつ》から招聘《しょうへい》されるが謝絶した。永元《えいげん》十二年(一〇〇年)に南陽郡太守の鮑徳《ほうとく》に守簿《しゅぼ》として出仕《しゅっし》したが八年後に官を辞した。この間、永初《えいしょ》元年（一〇七年）に洛陽と長安の繁栄を活写《かっしゃ》した『東京賦《とうけいふ》』と『西京賦《さいけいふ》』（「二京賦《にけいふ》」と総称）を著した。

後漢初期の歴史家で文学者でもあった班固《はんこ》の『両都賦《りょうとふ》』を範《はん》にとり、洛陽と長安を比較しつつ両都《りょうと》を称えるという形式の長文の賦《ふ》であるが、『両都賦』に勝るとも劣らない名文として知られる。ちなみにこの永初元年は、倭《わ》国王帥升《すいしょう》が一六〇人の生口《せいこう》（奴隷）を献《けん》じて朝貢《ちょうこう》し、謁見《えっけん》を請《こ》うている。

永初五年（一一一年）、大司農《だいしのう》（朝廷の物資の管理する官職）に昇進した鮑徳《ほうとく》の熱心な推薦により、後漢第六代安帝に召し出され、尚書台《しょうしょだい》（文書の管理を司る官）の郎中《ろうちゅう》（属官）として出仕、三年後、尚書侍郎《しょうしょじろう》（三十六人いた）に昇進、元初《げんしょ》二年（一一五年）には、天文・暦法《れきほう》や国家文書の起草《きそう》や後代の史書の原典となる記録を司る太史令《たいしれい》に任じられた。

この太史令という官は、『史記』を編纂

した司馬遷《しばせん》が就いていたことで知られる。その後一時、公車司馬令《こうしゃしばれい》（宮殿の正門を守る兵を管轄する官）に転じたが、第八代順帝《じゅんてい》即位後の永建《えいけん》元年（一二六年）から再び太史令に任じられた。

腐敗した政治に嫌気がさして下野

この時代は、幼帝《ようてい》が続いたため、外戚《がいせき》あるいは宦官《かんがん》が権力を握り、政治の腐敗は目を覆うものがあったとされる。官吏の昇進は実績ではなく賄賂《わいろ》が物を言った。張衡は長く太史令を勤めたが、昇進しないことを同僚に笑われた際に「なぜ自分が昇進しないのか、答えることが難しい」と皮肉っている。陽嘉《ようか》二年（一三三年）に洛陽を地震が襲った際に、宦官《かんがん》の越権行為を批判し皇帝に権力を返還することを主張したが、結局このような官界に嫌気がさし、官を辞し下野《げや》したとされる。

伝によれば、第三代章帝《しょうてい》の孫にあたる河間王《かかんおう》の相《しょう》（長官）に任じられたともいうが、これは直言する張衡を宦官が忌避《きひ》したための、一種の左遷とも考えられる。しかし、順帝《じゅんてい》の侍御史《じぎょし》（監察《かんさつ》・弾劾《だんがい》の官）であった沈景《ちんけい》が河間王の相に抜擢され治績を挙げたという別の伝があり、張衡と沈景が混同されている可能性がある。いずれにせよ、『帰田賦』は張衡が中央の政界から離れていたこの時期に詠まれたものと考えられる。永和三年（一三八年）再び召し出されて尚書に任じられたが、翌年死去した。享年六十一歳。

南陽市にある張衡の墓

現在の南陽市に張衡の墓と伝わる塚があり、それを中心に記念館が設置されている。

ちなみに、道教の一派・五斗米道《ごとべいどう》の創始者・張陵《ちょうりょう》の子で、『三国志』で有名な張魯の父張衡（?〜一七七年）とは、別人である。

「渾天儀」「指南車」…紀元二世紀の発明王

三十歳頃から天文も学び、その知識を生かしてさまざまな発明を成し遂げている。天球の模型である渾天儀《こんてんぎ》は張衡によって地平線と子午線《しごせん》のリングが追加され、ほぼ現代の天球儀に近いものになった。さらに張衡はこの渾

渾天儀

天儀を回転させるのに水力を世界で初めて導入したが、これは同時に水時計の発明でもあった。この水力渾天儀を発明したのは元初四年(一一七年)である。

また、陽嘉《ようか》元年(一三二年)には、地震を感知する地動儀《ちどうぎ》も発明している。六年後の永和《えいわ》三年(一三八年)、洛陽に設置された地動儀が、七百キロ離れた甘粛《かんしゅく》で発生した隴西《ろうせい》地震を感知した。

他にも、伝説の黄帝《こうてい》が蚩尤《しゆう》との戦いで用いて、濃霧の中でも道を失わなかったという指南車《しなんしゃ》(一種の機械式コンパス)も、張衡が復元に成功したとされるが、復元というより実質的な発明といっ

地動儀

てよいとされる。これは車の上に置かれた人物像が、車の向きに関わらず最初に定めた方向を常に指し示すというものだが、現代語の「教え導く」という意味の「指南」という言葉は、この指南車が語源だといわれる。なお、人形が一定の方向を指し示し続けるのは、磁石を用いているのではなく、車が方向を変える際に左右の車輪の動きに差が出ることを利用した、一種の差動《さどう》歯車《はぐるま》を用いたものである。差動歯車は現在でも自動車のデファレンシャルギアなどで広く使われている。

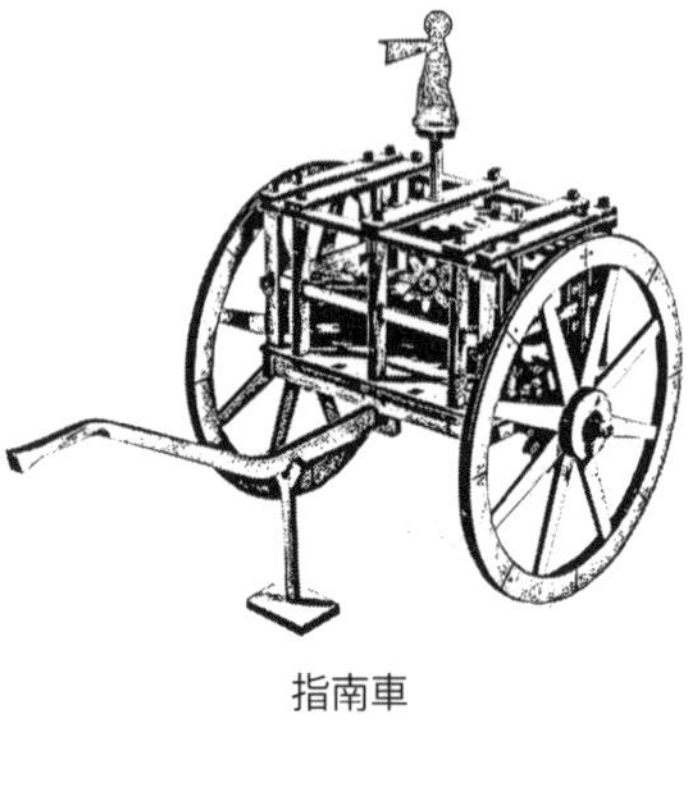

指南車

ダ・ヴィンチに比肩するマルチな才覚

さらに、『霊憲《れいけん》』という著作で天球の概念を述べ、深遠な宇宙論を展開している。また、張衡は月が太陽の光を反射して輝いていること、月食は月が地球の影に入ることによって起こることも知っていた。

また円周率を三・一六二二、太陽年を三六五・二五日と計算している。現代においては、円周率は三・一四一五九二…、太陽年は三六五・二四二一八九日と判明しているが、張衡の計算の精度は、それぞれ九九・三四%と九九・九九%であり、この時代としては驚くべき精度であるといえる。

文学では、「二京賦《にけいふ》」、本書に収録した『帰田賦』『髑髏賦《どくろ》』『温泉賦』『冢賦《ちょう》』などの短い賦の他にも、幻想的な『思玄賦《しげん》』、『周天大象賦《しゅうてんだいしょう》』『羽猟賦《はりょう》』『観舞賦《かんぶ》』

『定情《ていじょう》賦』『扇《せん》賦』などの賦がある。この他、張衡の詩としては、『四愁詩《ししゅうし》』『同《どう》声歌《せいか》』『定情歌《ていじょうか》』『怨篇《おんへん》』『残句《ざんく》』などがある。

文《ぶん》としては、『応間《おうかん》』『七弁《しちべん》』などがある。誄《るい》(誄詞)としては、『司徒呂公《しとりょこう》誄《のるい》』『大司農鮑徳誄《だいしのうほうとくるい》』などがある。

上疏《じょうそ》としては、『上順帝封事《じょうじゅんていふうじ》』『上陳事疏《じょうちんじそ》』『論貢挙疏《ろんこうきょそ》』『請禁絶図讖疏《せいきんぜつずしんそ》』『陽《よう》嘉《か》二年 京師《けいし》地震対策』『上疏請専事東観収検遺文《じょうそせいせんじとうかんしゅうけんいぶん》』『上事残句《じょうじざんく》』などがある。

詩文以外では、天文学では『霊憲《れいけん》』のほかに『渾天儀図注』、数学の『算網《さんもう》論《ろん》』などが残されている。画家としても優れ、「東漢《とうかん》六大画家」の一人に数えられている。張衡の伝記は、『後漢書《ごかんじょ》』「張衡伝」にある。

張衡の才能は多岐にわたり、どの分野でも突出した成果を上げている。レオナルド・ダ・ヴィンチに比肩《ひけん》するといっても過言ではないが、その活躍した時期がダ・ヴィンチより一四〇〇年も早いことは驚異的である。ちなみに、日本の歴史に照らしてみれば、この時期はまだ弥生時代で、邪馬台国《やまたいこく》は成立していたかもしれないが、女王卑弥呼《ひみこ》は生まれてすらいない。

張衡は、中国では学校教育で必ず学ぶ偉人の一人である。伝記も出版され、また、映画『張衡』（一九八三年）やテレビドラマなども作られている。

張衡の功績を記念して、一九五六年に中国古代の天文学家・発明家として記念切手が発行された。一九七〇年に月の裏側

張衡の記念切手
（8分・1955年発行）

にあるクレーターに「張衡」という名が付けられ、翌年には、紫金山《しきんざん》天文台が一九六四年に発見した小惑星に「1802 張衡」という名が付けられた。その他にも中国の道路や新発見の鉱物にも張衡の名が付けられているが、いずれも、顕彰としてはあまりにささやかであるといわざるを得ない。

張衡が活躍した後漢の時代とは？

張衡が活躍したのは中国の後漢の時代。後漢は、漢王朝の皇族劉秀《りゅうしゅう》（光武帝《こうぶてい》）が、王莽《おうもう》に簒奪《さんだつ》された漢（前漢）を再興して立てた王朝である。都は洛陽《らくよう》（当時、雒陽《らくよう》）。後漢の第四代和帝《わてい》が十歳で即位すると、皇太后《こうたいごう》の竇《とう》氏が、幼い皇帝に代わって政治の実権を握り、竇氏《とうし》一族が専権を奮った。その後、和帝は宦官《かんがん》の力を借りて竇氏を排除したが、以降、後漢末まで外戚《がいせき》と宦官との争いが続くこととなった。

張衡の仕えた六代安帝《あんてい》(一〇六年~一二五年在位)は、外戚の勢力を抑え、親政《しんせい》の確立に努めたが、官僚との連絡に宦官を重用したことで宦官の権力が大きくなり、外戚排除後は、妻の閻《えん》氏一門と宦官の専横《せんおう》を招いた。順帝《じゅんてい》(一二五年~一四四年在位)は、閻氏一族に替わって宦官を重用した。

外戚、宦官を問わず、この時期は極端な賄賂《わいろ》政治であったが、そのため政治が乱れ、反乱が続発した。中でも一八四年に起こった黄巾《こうきん》の乱は、全国に飛び火し、後漢を滅亡へと導いた。『三国志』時代の始まりである。

張衡の出身地は?

張衡のふるさと南陽郡は、現在の河南省南陽市《かなんしょうなんようし》と湖北省の随州市《ずいしゅうし》、棗陽市《さんようし》

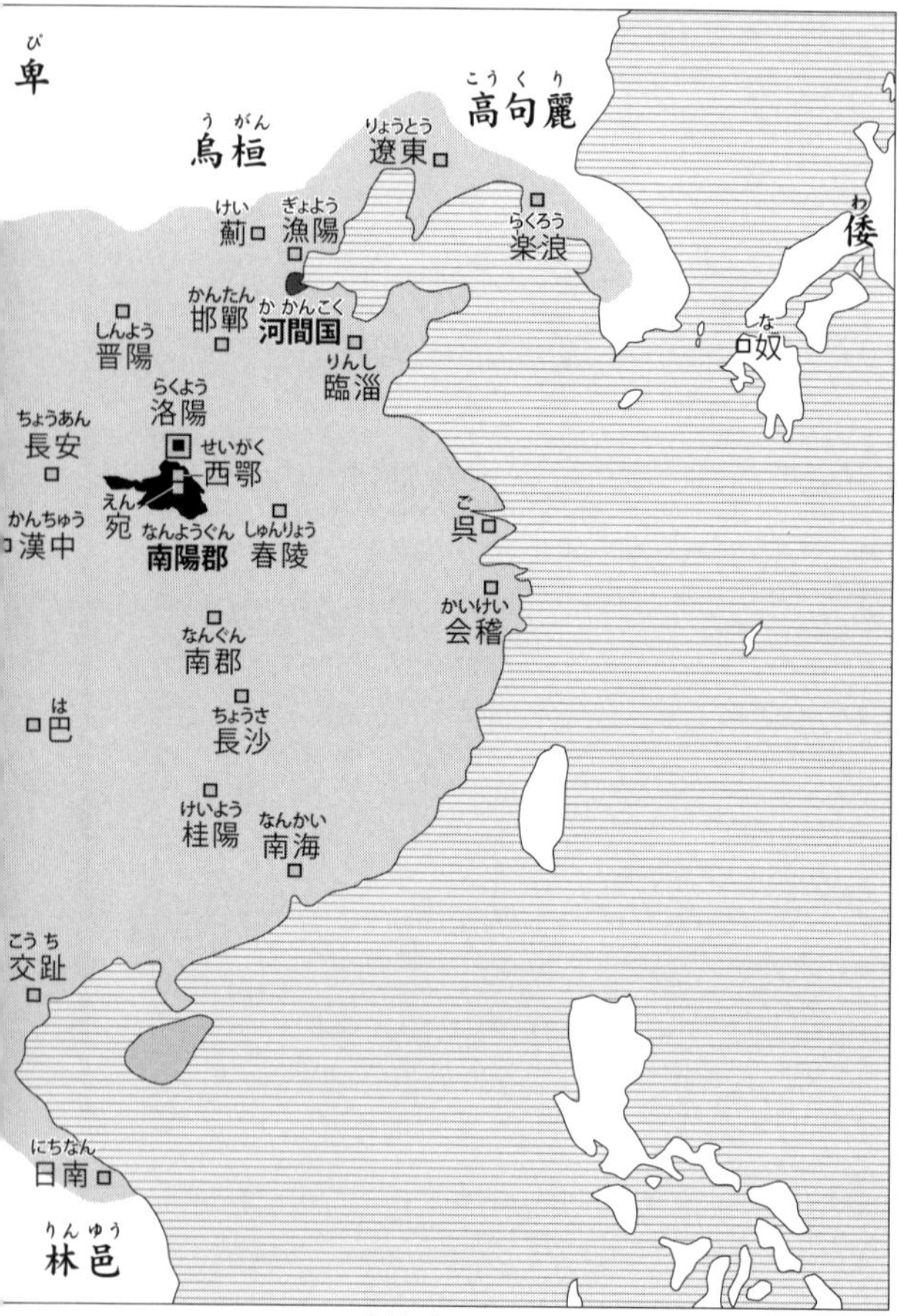

衡が相を務めた当時の河間国《かかんこく》。当時の中国では、行政単位としての郡と国はほぼ同格で、皇族の王が治める地域を国と称した。なお、西域の亀茲《きじ》などの諸都市は後漢に服属したオアシス国家群。

張衡関連地図

薄いアミをかけたエリアが、張衡が活躍した紀元２世紀ごろの後漢の版図。中央の黒い地域が、張衡の出身地 西鄂《せいがく》があった南陽郡、宛《えん》は南陽郡の郡都である。その北東の渤海《ぼっかい》湾に面した黒い地域が、晩年の張↗

にまたがる地域。秦の時代に南陽郡が設置され、前漢時代に発展が進んだ。後漢を興した光武帝は、この南陽盆地を勢力基盤としており、張衡の晩年には、南陽郡の人口は五十万戸を超え、後漢全土で最も人口が多く、その後も、中国における経済、文化の中心地の一つとして発展を続けた。

張衡の祖父と子孫

張衡の祖父・張堪《ちょうたん》は南陽郡宛《えん》県（現河南省南陽市）の人。生没年不詳。字は君游《くんゆう》。南陽郡太守。後漢王朝の初代皇帝光武帝《こうぶてい》（劉秀、前六年～五七年）の臣下。光武帝とは、「漢委奴国王《かんのわのなのこくおう》」の金印を倭《わ》（日本）の奴国《なのこく》の使節に与えた皇帝とされている。

張堪は、十六歳の時に長安で勉強する。劉秀が皇帝となると、中郎将《ちゅうろうしょう》来歙《らいきゅう》の推薦で郎中となる。建武十一年（三五年）、大司馬《だいしば》呉漢《ごかん》に属し、蜀《しょく》の公孫述《こうそんじゅつ》征伐を行った。呉漢軍は長江《ちょうこう》を遡って都・成都《せいと》へ侵入し、翌十二年（三六年）に遂に成都城を陥落させ、ここに光武帝による中国統一が達成された。張堪は蜀郡太守に任命され、善政を敷いたので民は喜んだという。

その後、騎都尉《きとい》に任じられる。北方民族・匈奴《きょうど》が度々侵攻してきたが、建武十九年（三九年）に、亡くなった驃騎《ひょうき》将軍杜茂《とも》の軍を率いて、高柳《こうりゅう》県（現山西《さんせい》省大同市《しょうだいどうし》）において匈奴を大破する。この時、漁陽《ぎょよう》太守（現北京市・天津《てんしん》市・河北省の一部）に任命される。当地では信賞必罰を行うなど仁政を敷いた。その後、匈奴一万余騎が侵攻してきたが、数千騎の兵で撃退し、その後侵攻してくることはなくなった。張堪は農民に開墾の仕方を指導し、土地が潤ったという。その後、張堪は病いに倒れ没した。光武帝はその死を深く惜しんだという。

張衡の子孫には中国西晋《せいしん》の官僚・張輔《ちょうほ》（字は世偉《せいい》）がいる。張輔は、荊州《けいしゅう》南陽郡西鄂県《せいがくけん》（現河南省南陽市臥竜区《がりょうく》）に住し、『三国志』で著名な司馬懿《しばい》の曾孫《そうそん》で西晋の第二代皇帝・恵帝《けいてい》（司馬衷《しばちゅう》、二五九年〜三〇七年）に仕え、御史《ぎょし》中丞《ちゅうじょう》、馮翊《ひょうよく》（現陝西省西安市、渭南市）太守、秦州刺史《しんしゅうしし》などを歴任した。法に則った厳格な統治で知られ、民衆の支持を得たが、同時に多くの怨嗟《えんさ》も買った。晋の滅亡の契機となった内乱である「八王《はちおう》の乱」に巻き込まれ、八王の一人である司馬顒《しばぎょう》に与《くみ》したが、隴西《ろうせい》郡太守韓稚《かんち》の子・韓朴《かんふ》に襲撃され戦死した。

『帰田賦』が収録されている書物は？

『帰田賦』が収録された『文選』とは？

『文選《もんぜん》』は、中国南北朝時代、南朝梁《りょう》の昭明太子《しょうめいたいし》・蕭統《しょうとう》によって編纂された詩文集。全三十巻。春秋戦国時代から梁までの文学者百三十一名による賦・詩・文章八百余りの作品を、三十七の形式に分類して収録する。隋《ずい》・唐《とう》以前を代表する文学作品の多くを網羅しているのみならず、蕭統自身による序文も六朝《りくちょう》時代の文学史論として高く評価される。

『文選』は、隋・唐以降、官吏登用に科挙《かきょ》が導入されて詩文の創作が重視されると、受験者に詩文制作の模範とされ、重視されるようになった。唐の詩人杜甫《とほ》は『文選』を愛読し、「熟精せよ文選の理《ことわり》」（「宗武生日《そうぶせいじつ》」）と息子に教戒《きょうかい》の言葉まで残している。また宋の時代には「文選爛《らん》すれば、秀才半《なか》ばす」（『文選』に精通すれば、科挙の秀才には半ば及第《きゅうだい》するも同然）と謡われた。

また、『文選』は古くから日本に伝わり、日本文学にも重大な影響を与えている。すでに奈良時代には、貴族の教養として必読の対象となっており、『日本書紀』や『万葉集』などにも『文選』からの影響が多く指摘されている。

その後の平安時代から室町時代でも、「書は文集《もんじゅう》・文選」（『枕草子《まくらのそうし》』）、「文選のあはれなる巻々《まきまき》」（『徒然草《つれづれぐさ》』）など、貴族の教養として重視された。

なお、『文選』は戦国武将・直江兼続（上杉家家老）の愛読書であり、慶長十二年（一六〇七年）、京都の要法寺において版行（『直江版　文選』『要法寺版　文選』）している。

『文選』の中の言葉は、「栄華」「炎上」「解散」「奇怪《きかい》」「凶器」「金銀」「軽重《けいちょう》」「形骸《けいがい》」「権威」「光陰《こういん》」「後悔」「故郷」「国家」「国土」「骨肉」「夫婦」「父子」「天

罰」「天地」「元気」「感激」「英雄」「行事」「経営」「傾城《けいせい》」「賢人」「功臣」「国王」「虎口《ここう》」「骨髄」「天子」「学校」「娯楽」「主人」「貴賎」「疲弊」など日本語に活かされ、また『文選』の詩文から生まれた故事成語に、「少壮幾時《しょうそういくとき》ぞ」「去る者は日々に疎《うと》し」「越南《えつなん》枝に巣くう」「大隠《たいいん》は市《いち》に隠る」「団雪《だんせつ》の扇」「班女《はんじょ》が閨《ねや》」「金科玉条《きんかぎょくじょう》」など、現在でも使用されるものがある。

張衡の詩文集『張河間集』とは？

『張河間集《ちょうかかんしゅう》』は張衡の詩文集で、全六巻あり、付録がつく。賦、楽府、詩、語、疏《しょ》、書、議、説、銘、誄《るい》を収める。付録として、「張衡伝」（宋、范曄《はんよう》）、「河間相《かかんしょう》張平子碑」（漢、崔瑗《さいえん》）、「弔張衡辞《ちょうこうをとむらうじ》」（漢、禰衡《でいこう》）、「過張平子墓《ちょうへいしのはかをすぐ》」（唐、駱賓王《らくひんのう》）、遺事・集評を収める。

本書は、明時代の張燮《ちょうしょう》が漢・魏《ぎ》・六朝《りくちょう》の詩人七十二人の詩文を集成した『漢魏六朝七十二家集』の一冊として編んだものである。序文「霏雲《ひうん》主人張燮《ちょうしょう》撰《せん》并《ならびに》書」。各巻首《かんしゅ》に「漢南陽 張衡平子著／明閩漳《びんしょう》張燮紹和纂《しょうわさん》」と記す。

なお、本書をもとにして、それに馮惟訥《ふういとつ》の『古詩紀《こしき》』（漢・魏・六朝の詩の集成）と梅鼎祚《ばいていそ》の『古文紀《こぶんき》』（漢・魏・六朝の文の集成）をあわせ、中から作品数の多い作者を選んだアンソロジーに、張溥《ちょうふ》の『漢魏六朝百三名家集』があり、それにも『張河間集』は収められている。こちらは明の崇禎《すうてい》年間（一六〇二年～四三年）の成立である。が、二巻に賦・語・疏・策《さく》・表《ひょう》・書などを収め、付録に「張衡伝」を収めたもので、張燮の編纂したものに比べて杜撰《ずさん》である。

中国の韻文《いんぶん》形式「賦」とは？

賦《ふ》は、中国の韻文《いんぶん》における形式の一つ。唐の詩や宋《そう》の詞などと並び、漢を代表する文芸である。

漢詩が歌謡から発生したと考えられるのに対し、賦は朗誦《ろうしょう》されたものと考えられている。形式としては漢詩と散文《さんぶん》の中間に位置するもので、賦は都城《とじょう》の賛美に使われたほか、あらゆる場所・物・感情を表現する手段として用いられた。漢代の賦は抒情的《じょじょうてき》要素が少なく、事物を網羅的《もうらてき》に描写する点に特色がある。

前漢時代初期に、賦は最盛期を迎える。紀元前二世紀の賦の黄金時代には、優れた賦作家が現れた。この時代の賦は、大賦《たいふ》（漢賦《かんふ》）と呼ばれる。大賦は、問答体形式を取ることが多く、散文の句を交えることを特徴とする。句の字数は『詩経《しきょう》』や『楚辞《そじ》』の形式を継承して四言や六言が多いが、三言・五言・七言なども見られる。かなりの長句《ちょうく》も珍しくない。この大賦は、武帝《ぶてい》（紀元前一四一年〜八七年）の時代に黄金時代を築く。代表的作家に司馬相如《しばしょうじょ》（紀元前一七九年〜一一七年）がいる。

大賦は詩的遊戯《ゆうぎ》として朗読し披露され、制約にとらわれない娯楽と道徳的訓戒《くんかい》を一作品の中に融合させた最初の中国文学として享受《きょうじゅ》されたが、のちに修辞《しゅうじ》に美麗《びれい》を尽くした結果、内容的に堕落《だらく》したと批判されるようになる。その批判の急先鋒《きゅうせんぽう》に、揚雄《ようゆう》（紀元前五三年〜一八年）がいる。彼は賦の本来の目的は主君を諌《いさ》めることにあると考え、過度の修辞《しゅうじ》と複雑な語彙《ごい》とを抑え、むしろその内容が読者に道徳的規律を享受者に促《うなが》すと評されている。

張衡は、多くの賦を制作し、後漢の典型となる短篇の賦の祖とされる。彼の初期の作には、驪山《りざん》温泉（華清池《かせいち》）を叙述した『温泉賦』（七八頁）があり、また彼の傑作として「二京賦」（『東京賦』『西京賦』）がある。この作品は、歓楽街を含めた二都の華やかな生活を緻密《ちみつ》に描いている。彼の賦は、武帝を頂点とする前漢時代の賦の特徴を巧みに模倣《もほう》しつつ、極めて風刺的《ふうしてき》な点に特徴がある。

『帰田賦』に登場する人物は?

蔡沢《さいたく》とは？ 本人が「不遇」と感じていた理由は？

紀元前三世紀の秦《しん》国の政治家。昭襄王《しょうじょうおう》、孝文王《こうぶんおう》、始皇帝に仕えた。燕《えん》国（現河北省北部）の出身で、早くから諸国を巡って遊説したが用いられず、途上盗賊に遭うなどした。秦の宰相《さいしょう》であった范雎《はんしょ》の地位が不安定であると聞くと、生命を全うしたいなら引退すべきであると説き、范雎の推挙を得て宰相に上った。

数か月後、自らを謗《そし》る者が出た際には、直ちに宰相の印綬《いんじゅ》を返上している。その後も秦に仕え、燕《えん》国を圧迫して一時的に同盟させるなどの功を挙げている。諸国を遊説中、どこにも自らの説が用いられないことを嘆いて、人相を見てその運命を当てたとされる唐挙《とうきょ》に見てもらった。あと四十三年の寿命だと言われたが、その間に富貴を極めることができるなら十分である、と笑ったという。

屈原《くつげん》とは？　屈原を諭した漁師とは？

紀元前四～三世紀の楚国の王族で、政治家、詩人。当時の楚国で謡われた詩を集めた『楚辞《そじ》』を代表する詩人。ただし、その実在については疑わしい点もある。当時楚国では、急成長していた秦国への対応を巡って親秦派と抗秦派が対立していた。抗秦派であった屈原は自らの意見が取り上げられないばかりか、次第に楚が秦に圧倒されるようになると、絶望して汨羅江《べきらこう》に身を投げて自殺した。

『楚辞』に収録されている「漁父辞《ぎょほのじ》」には、王宮を追放された屈原自身と架空の人物である漁父（漁師）との出会い、問答、別れが描かれている。世間と妥協《だきょう》せず理想を貫こうとする屈原と、聖人であっても世間の濁りに合わせるべきとする漁父とは、最後まで意見が合わないが、漁父は笑って去っていく。

老子という人物と、その教えとは？

歴史上の人物としての老子は、その姓名や時代が確定できず、そもそも実在そのものが疑われている。その著とされる『老子』（老子道徳経）は紀元前四世紀ごろには、少なくとも部分的には成立していたとされる。この書の思想は後の『荘子《そうじ》』と併せて「老荘思想」「道家思想」と呼ばれ、中国三大宗教の一つである道教の聖典にもなっている。

同じく三大宗教の儒教の基になった儒学とは異なり、世界の根本原理である「道」（タオ）に至るために、人為を排し自然に則って生きる「無為自然《むいしぜん》」を説き、政治的には「小国寡民《しょうこくかみん》」（国は小さく、人口は少ない方がいい、という考え方）が理想であるとした。互いに相反するが、儒学とともに現代に至るまで漢民族の哲学として受け継がれている。

周公旦《しゅうこうたん》という人物と、その書物とは？

紀元前十一世紀ごろの、周王朝の政治家。殷《いん》（商《しょう》）に仕えた西伯昌《せいはくしょう》（文王）の四男で、周を建国した武王姫発《きはつ》の弟。太公望呂尚《たいこうぼうりょしょう》、召公奭《しょうこうせき》と並ぶ建国当初の功臣。兄の武《ぶ》王は暴君とされる殷《いん》の紂王《ちゅうおう》を倒して周を建てるが間もなく没し、幼い成《せい》王が跡を継いだ。

周公旦は魯に封じられていたが、子の伯禽《はくきん》を赴《おもむ》かせるのみで、都に残って幼少の王を補佐して反乱を鎮圧し、副都として洛邑《らくゆう》（洛陽）を築くなど王朝の安定に尽力した。王朝の儀式・儀礼を定め、礼学を創始したとされる。後の儒家が経書《けいしょ》（儒家経典）として重んじる『周礼《しゅうらい》』『儀礼《ぎらい》』を著したといわれるが、後世の仮託であろう。儒家の祖である孔子が敬慕したことで、理想の聖人として今に伝わる。

孔子という人物と、その書物とは？

紀元前六～五世紀の春秋時代の政治家、思想家で儒家《じゅか》の祖。孔子とは尊称で、氏は孔、諱《いみな》は丘《きゅう》、字《あざな》は仲尼《ちゅうじ》。周王朝が衰え秩序が破壊されつつあった時代にあって、周建国当初を理想とした仁道政治を掲げた。出身地である魯国にあって改革を進めたが失敗し、亡命して諸国を巡った。

「仁」と「礼」を徳目として掲げるその思想は、その後の中国において儒学と呼ばれて発達し、国家から個人までを律する基本的な哲学となり、儒教という宗教にまでなっている。日本や朝鮮半島など周辺諸国への影響も大きい。儒学の基本文献である歴史書『春秋《しゅんじゅう》』などの著者とされるが、編者であっても著者ではないとする説が強い。むしろその思想は、弟子たちが孔子の言動をまとめた『論語』や『孝教《こうきょう》』などによって伝えられている。

三皇五帝とは？　彼らが定めた規範とは？

古代中国における伝説上の帝王。神としての性格が強い三皇に対して、五帝はそれぞれが聖人とされる。ただし、誰を三皇あるいは五帝に数えるかという点については諸説ある。三皇には伏羲《ふっき》・神農《しんのう》・女媧《じょか》をはじめ、天皇《てんこう》・地皇《ちこう》・人皇《じんこう》（泰皇《たいこう》）、燧人《すいじん》・祝融《しゅくゆう》・黄帝《こうてい》などが挙げられ、五帝は、伏羲・神農・太昊《たいこう》（伏羲と同一か）・炎帝《えんてい》（神農と同一か）・黄帝・少昊《しょうこう》・顓頊《せんぎょく》・嚳《こく》・堯《ぎょう》・舜《しゅん》・禹《う》・湯《とう》が挙げられる。

いずれも神話的人物でさまざまな伝承があるが、例えば伏羲と女媧は兄妹あるいは夫婦で、いずれも蛇身であったとされる。またさまざまな教えを残したとされるが、思想というより技術や文化的発明が多い。文字を作り、漁労《ぎょろう》を人々に教えたのは伏羲、医術と農耕を教えたのは神農とされ、またそもそも人間を泥から作ったのは女媧であるとする。五帝の堯《ぎょう》と舜《しゅん》については、特に理想的な帝王とされ、後世仁政を敷く皇帝が出ると、「堯舜に並ぶ」、あるいは「堯舜の教え」に則《のっと》っていると評された。

付録

温泉賦／髑髏賦／冢賦

温泉賦

陽春之月、百草萋萋。
余在遠行、顧望有懐。
遂適驪山、観温泉、浴神井、
風中巒、壮厥類之独美、
思在化之所原、嘉洪沢之普施、
乃為賦云。

*書き下し文82頁

＊百草《ひゃくそう》……様々な草。
＊萋萋《せいせい》……草木の茂るさま。
＊顧望《こぼう》……振り返って見ること。あたりに気を配ること。また、ためらうこと。
＊驪山《りざん》……長安近くの温泉地として著名。秦の始皇帝は、温泉宮や自らの山陵を造営し、唐の玄宗《げんそう》皇帝は楊貴妃《ようきひ》のために華清宮《かせいきゅう》を建てた。
＊巒《みね》……山なみ。連なる山。

覧中域之珍怪兮、無斯水之神靈、
控湯谷于瀛洲兮、濯日月乎中営。
蔭高山之北延、処幽屏以閑清。
于是殊方交々渉、駿奔来臻。
士女曄其鱗萃兮、紛雑遝其如煙。

＊書き下し文82頁

＊神霊《しんれい》……神。神のみたま。
＊湯谷《ようこく》……温源谷《おんげんこく》。「湯谷の上に扶木《ふぼく》有り」と『山海経《せんがいきょう》』にある。
＊瀛州《えいしゅう》……中国の神仙思想に基づく仙人の住むという島。東方海上にあるという三神山の一。
＊幽屛《ゆうへい》……人から見えないところに隠れ暮らすこと。
＊駿奔《しゅっぽん》……急ぎ走ること。
＊士女《しじょ》……男と女。
＊鱗萃《りんすい》……鱗のように並び集まること。

『温泉賦』書き下し文

＊原文78頁

陽春《ようしゅん》の月、百草萋萋《ひゃくそうせいせい》たり、余《よ》は遠行《えんこう》に在りて、顧望《こぼう》して懐《おも》うこと有り。

遂《つい》に驪山《りざん》に適《ゆ》き、温泉を観《み》、神井《しんせい》に浴《よく》す。風中の巒《みね》、厥《そ》の類の独《ひと》り美なるを壮とし、化の原《もと》づく所に在るを思う。洪沢《こうたく》の普施《ふし》を感ず。乃《すなわ》ち賦《ふ》をなして云《いわ》く、

「中域《ちゅういき》の珍怪《ちんかい》を覧《み》るも、斯《こ》の水の神霊《しんれい》無し。湯谷《ようこく》を瀛州《えいしゅう》に控え、日月《じつげつ》を中営《ちゅうえい》に濯《あらわ》す。高山《こうざん》の北延《ほくえん》に蔭《かく》れ、幽屏《ゆうへい》に処《よ》り

て以《も》って閑清《かんせい》す。是《ここ》に於いて殊方《しゅほう》に交々《こもごも》渉《わた》り、駿奔《しゅっぽん》して来《き》たり臻《いた》る。士女《しじょ》は曄《かがや》きて其《そ》れ鱗萃《りんすい》し、雑遝《ざっとう》に紛れること其れ煙の如し。

髑髏《どくろ》賦《ふ》

張平子将遊目於九野、
観化乎八方。
星回日運、鳳挙龍驤。

＊書き下し文100頁

＊張平子《ちょうへいし》……張衡のこと。平子は字《あざな》。

＊九野《きゅうや》……天下のこと。東方・東北・北方・西北・西方・西南・南方・東南の八方に中央をあわせたこと。

＊観化《かんか》……『文選《もんぜん》』漢高祖《こうそ》功臣頌《しょう》に「窮神観㆑衣化、望影揣㆑衣情」とあり、事物を観察してその実質をはかることをいう。

＊八方……四方と四隅。東西南北と北東・北西・南東・南西の八つの方角。

＊星回日運《せいかいにちうん》……月日をへること。「星回」は一年が経過して星が再びもとの場所に戻ることをいい、「日運」は日がめぐることをいう。『礼記』「月令」に「月窮㆓于紀㆒、星回㆓于天㆒。數將几終、歲且更始。」とあり、『方言《ほうげん》』に「日運為㆑躔、月運為㆑逡」とあることによる。

＊鳳挙龍驤《ほうきょりゅうじょう》……勢いの盛んなさま。鳳凰や龍が空を躍《おど》りのぼること。

南遊赤岸、北陟幽郷。
西経味谷、東極扶桑。
于是季秋之辰、微風涼。
聊回軒駕、左翔右昂。
歩馬于畴皐、逍遥乎陵岡。
顧見髑髏、委于路旁。
下居淤壌、上負玄霜。

*書き下し文100頁

＊赤岸《せきがん》……中国の伝説上の南の果て。
＊幽郷《ゆうきょう》……中国の伝説上の北の果て。
＊昧谷《まいこく》……中国の伝説上の西の果て。日没の場所とされる。
＊扶桑《ふそう》……東方にある神の樹木。
＊軒駕《けんが》……皇帝の行幸《ぎょうこう》をいう。軒は伝説の黄帝《こうてい》の氏である軒轅《けんえん》氏から、駕は皇帝が行幸時の皇帝自身をさす語から。この行幸が何らかの出来事を反映した史実であるのか、あるいは賦の中にのみみえる仮託であるか否かは不明であるが、『後漢書《ごかんじょ》』「祭祀志《さいしし》」中によると延光《えんこう》三年（一二四年）に安帝は東に巡狩《じゅんしゅ》を行なっており、これに関連するか。
＊疇阜《ちゅうふ》……田野の高い場所。
＊逍遥《しょうよう》……気ままにあちこち歩き回ること。
＊路旁《ろぼう》……道端《みちばた》。
＊玄霜《げんそう》……真冬の冷たい霜。

平子悵然而問之曰、
「子将並糧推命、以夭逝乎。
本喪此土、流遷来乎。
為是上智、為是下愚。
為是女人、為是丈夫。」
于是粛然有霊、但聞神響、
不見其形。答曰、

*書き下し文100頁

＊悵然《ちょうぜん》……なげくさま。いたむさま。

＊糧を並《あわ》せ……一日分の食料を二日分にするほど極めて貧しい喩《たと》え。

『礼記』「儒行《じゅこう》」に「易レ衣而出、并レ日而食。」とあることによる。

＊粛然《しゅくぜん》……おごそかで整ったさま。

「吾宋人也、姓荘名周。
游心方外、不能自修。
寿命終極、来此玄幽。
公子何以問之。」

*書き下し文101頁

*姓は荘《そう》、名は周《しゅう》……中国戦国時代の思想家荘子《そうし》のこと。宋の人。『荘《そう》子《じ》』外篇、「至楽《しらく》篇」第十八に、荘子が髑髏との対話をモチーフとした

段がある。張衡の『髑髏賦』はこれに大きな影響を受けており、『荘子』では張衡の立場にあった荘子は、『髑髏賦』では髑髏となるのである。

＊方外《ほうがい》に遊心……方は区画の意味で、世間的な通念のとおる範囲。遊心は、心をほしいままにして自適に楽しむこと。『荘子』内篇、「大宗師《だいそうし》篇」第六に「彼游㆓方之外㆒者也、而丘游㆓方之内㆒者也。」（彼は方《ほう》の外に遊《あそ》ぶ者なり、而《しか》して丘は方の内に遊ぶ者なり）とあることによる。ここでは髑髏（荘子）が儒教的思想ではなく道家的黄老《こうろう》思想にいたことを指す。

＊自修《じしゅう》……みずから己の身を正しおさめること。

＊玄幽《げんゆう》……深淵《しんえん》なる世界。

対曰、
「我欲告之于五岳、祷之于神祇。
起子素骨、反子四肢、取耳北坎、
求目南離、使東震献足、
西坤授腹、五内皆還、
六神尽復、子欲之不乎。」

＊書き下し文101頁

＊五岳《ごがく》……中国で古来崇拝された五つの霊山。前漢時代、五行思想の影響により生じた泰山《たいざん》（東岳・山東省）・華山《かざん》（西岳・陝西《せんせい》省）・衡山《こうざん》（南岳・湖南省）・恒山《こうざん》（北岳・山西省）・嵩山《すうざん》（中岳・河南省）をいう。

＊北坎《ほくかん》……八卦の一。八卦の第六で水を象す。

＊南離《なんり》……八卦の一。八卦の第三で火を象す。

＊東震《とうしん》……八卦の一。八卦の第四で雷を象す。

＊西坤《せいこん》……八卦の一。八卦の第八で地を象す。

＊五内《ごだい》……肝・心・脾《ひ》・肺・腎の五臓のこと。

＊六神《ろくしん》……心・肺・肝・腎・脾・胆《たん》の六臓の神。

髑髏曰、
「公子之言殊難也。
死為休息、生為役労。
冬水之凝、何如春氷之消。
栄位在身、不亦軽于塵毛。
飛鋒曜景、秉尺持刀、
巣許所恥、伯成所逃。

＊書き下し文102頁

＊公子……もとは諸侯・貴族の子弟をさす語であるが、貴族などに対する二人称となった。
＊塵毛《じんもう》……塵と毛。些末な物の喩え。
＊飛鋒《ひほう》……速やかに動く刃のことであるが、この場合、景星《けいせい》が輝いて天を翔るさまを刃に喩えたもの。
＊景……景星のこと。景星はめでたい時に出るという星。
＊巣許《そうきょ》……中国古代の伝説的な二人の隠士。巣父《そうほ》と許由《きょゆう》。許由の名望により堯《ぎょう》帝が位を譲ろうとしたところ、許由が穢《けが》れたことを聞いたとして耳のけがれを洗い落としているのを見た巣父が、そのような汚れた水は牛にも飲ませられないとして牛を連れて帰ったという故事。
＊伯成《はくせい》……中国古代の伝説的な隠士《いんし》。字《あざな》は子高。諸侯として一国を支配していたが、舜は禹《う》に天下を譲ったことを知り、諸侯を辞して農民となった。禹が面会を求めて政治について問うたが追い払った故事で知られる。

況我已化、与道逍遥。
離朱不能見、子野不能聴。
尭舜不能賞、桀紂不能刑。
虎豹不能害、剣戟不能傷。
与陰陽同其流、与元気合其樸。
以造化為父母、以天墜為牀褥。
以雷電為鼓扇、以日月為灯燭。

＊書き下し文102頁

＊離朱《りしゅ》……中国古代の人。離婁《りろう》とも称す。黄帝の時の人ともいわれ、眼がよく見え、百歩先の細かい毛まで見えたという。
＊子野《しや》……春秋時代の楽人師曠《しこう》の字《あざな》。眼は見えなかったが琴の名手であり、酒色に耽溺《たんでき》する主君である晋の平公《へいこう》にたびたび箴言《しんげん》を述べた。
＊堯舜《ぎょうしゅん》……中国の伝説上の聖天子《せいてんし》。
＊桀紂《けっちゅう》……夏《か》の桀王《けつおう》と殷《いん》の紂王《ちゅうおう》。ともに酒色に耽り、亡国の暗君とされる。
＊虎豹《こひょう》……虎と豹。
＊剣戟《けんげき》……つるぎとほこ。
＊元気《げんき》……万物の根本をなす天地の気。
＊造化《ぞうか》……造物主によってつくられたもの。自然。
＊鼓扇《こせん》……鼓舞しあおりたてること。
＊灯燭《とうしょく》……ともしび。

以雲漢為川池、以星宿為珠玉。
合体自然、無情無欲。
澄之不清、渾之不濁。
不行而至、不疾而速。」

於是言卒響絶、神除滅。
顧眄発軫、乃命僕夫、
仮之以縞巾、衾之以玄麈、

*書き下し文103頁

為之傷涕、酹於路浜。

＊星宿《せいしゅく》……星座のこと。
＊合体……二つの物が一つになる。
＊発軫《はっしん》……車を出す。旅だちすること。
＊僕夫《ぼくふ》……召使いの男。車を御する者。また、馬を掌《つかさ》どる官。
＊縞巾《こうきん》……白絹の頭巾。縞は白絹のこと。『礼記』によると、大夫の葬礼の際に縞衾《こうきん》を用いるから、代用として髑髏に縞巾を用いたのである。
＊衾《きん》……遺体をおおう衣具。この一節は髑髏を玄塵《げんじん》（黒い塵）で覆う、すなわち土で覆って埋葬するという比喩。
＊傷涕《しょうきゅう》……悲しみ泣く。

『髑髏賦』書き下し文

＊原文84頁

張平子《ちょうへいし》まさに九野《きゅうや》に於いて遊目《ゆうもく》し、八方を観化《かんか》せんとす。星回日運《せいかいにちうん》し、鳳挙龍驤《ほうきょりゅうじょう》す。南は赤岸《せきがん》に遊び、北は幽郷《ゆうきょう》に陟《のぼ》り、西は味谷《まいこく》を経て、東は扶桑《ふそう》を極む。是に季秋《きしゅう》の辰《とき》、微風涼し。聊《いささ》か軒駕《けんが》回し、左に翔《かけ》て、右に昂《あが》る。馬を疇阜《ちゅうふ》に歩ませ、遥《はる》かに陵岡《りょうこう》を逍《さまよ》う。顧みるに髑髏を見る。路旁《ろぼう》に委《すておか》る。下は淤壌《どろつち》に居し、上は玄霜《げんそう》を負う。

平子、悵然《ちょうぜん》として之《これ》に問《と》いて曰《いわ》く、

「子《なんじ》は将《なん》ぞ糧《かて》を並《あわ》せ命を推《お》し、以《も》って夭逝《ようせい》したらんや。本《もと》より此《こ》の土をうしない、流遷《りゅうせん》し来《きた》るや。是《こ》れ上智《じょうち》たるや、

是れ下愚《げぐ》たるや。是れ女人たるや、是れ丈夫《じょうふ》たるや」と。是に粛然《しゅくぜん》として霊有《れいあ》り。但《ただ》し神響《しんきょう》を聞きて、其《そ》の形を見ず。答えて曰《いわ》く、

「吾《われ》は宋人《そうじん》なり、姓は荘《そう》、名は周《しゅう》。方外《ほうがい》に遊心《ゆうしん》し、自修《じしゅう》すること能《あた》わず。寿命終《つい》に極まり、此《こ》の玄幽《げんゆう》に来《き》たり。公子《こうし》何《なに》を以《も》って之《これ》を問わん」と。

対《こた》えて曰く、

「我れ之《これ》を五岳《ごがく》に告《こく》し、之《これ》を神祇《じんぎ》に祷《いの》らんと欲す。子《なんじ》の素骨《しらぼね》を起こし、子の四肢《しし》を反《かえ》し、耳を北坎《ほくかん》に取り、目を南《なん》離《り》に求む。東震《とうしん》に使《つかい》して足を献《けん》ぜしめ、西坤《せいこん》をして腹を

授けしむ。五内《ごない》皆《みな》還《かえ》り、六神《りくじん》尽《ことごと》く復す。子は之を欲せざらんや」と。

髑髏曰く、

「公子《こうし》の言《げん》、殊《ことさら》に難《なん》なり。死《し》は休息《きゅうそく》を為《な》し、生《せい》は役労《やくろう》を為《な》す。冬水《とうすい》の凝《こ》り、何《なん》ぞ春《はる》の冰《こおり》の如《ごと》く消《き》えんや。栄位《えいい》身《み》に在《あ》りて、亦塵毛《またじんもう》を軽《かる》んぜざらんや。飛鋒景《ひほうけい》に曜《かがや》き、尺《しゃく》を秉《もち》て刀《かたな》を持《も》ち、巣許《そうきょ》をして恥《は》じる所《ところ》、伯成《はくせい》をして逃《のが》る所《ところ》なり。況《いわ》んや我已《われすで》に化《か》し、道《みち》とともに逍遥《しょうよう》す。離朱《りしゅ》見《み》ること能《あた》わず、子野《しや》聴《き》くこと能《あた》はず。堯舜《ぎょうしゅん》賞《しょう》すること能《あた》はず、桀紂刑《けつちゅうけい》すること能《あた》はず。虎豹害《こひょうがい》すること能《あた》はず、剣戟《けんげき》傷《きずつけ》ること能《あた》はず。陰陽《いんよう》ともに其《そ》の流《ながれ》を同《おな》じくし、元気《げんき》とともにその樸《あらき》を合《あわ》す。造化《ぞうか》を以《も》って父母《ふぼ》と為《な》し、天地《てんち》を以《も》って床褥《ふとん》と為《な》す。雷電《らいでん》を以《も》って鼓扇《こせん》と為《な》し、日月《じつげつ》を以《も》って灯燭《とうしょく》と為《な》す。雲漢《うんかん》を以《も》って川池《せんち》と為《な》し、星宿《せいしゅく》を以《も》って珠玉《しゅぎょく》と為《な》す。自然《じねん》として合体《がったい》し、無情無欲《むじょうむよく》なり。ここに澄《す》みて清《きよらか》ならず、ここに渾《にご》りて濁《にご》らず。行《ゆ》かずして至《いた》り、疾《はや》からずして速《はや》し」と。

是《ここ》に於《お》いて言《い》い卒《おえ》て響絶《ひびきた》え、神除滅《しんじょめっ》す。発軫《はっしん》せんと顧眄《かえりみ》て、すなはち僕夫《ぼくふ》に命《めい》じ、之《これ》を仮《かり》とするに縞巾《こうきん》を以《も》ってし、之《これ》を衾《きん》するに玄塵《げんじん》を以《も》ってす。之《これ》が為《ため》に傷涕《しょうきゅう》し、路濱《みちばた》に酹《そそ》ぐ。

冢《ちょう》賦《ふ》

載輿載歩、地勢是観。
降此平土、陟彼景山。
一升一降、爾以斯安。
爾乃隳巍山、平険陸、刊蓁林、
鑿磐石、超峻壟、構大槨。

＊書き下し文116頁

＊平土……平な土地。
＊景山《けいざん》……仰ぎ見るような大きな山。
＊一升一降《いっしょういっこう》……登ったりおりたり。地勢を見る際に起伏がないのは、支脈があると考えられたためであり、そのため高低地を登りおりする必要があったのである。
＊巍山《ぎざん》……高い山。巍は『説文解字』に「巍、高なり」とある。
＊蘩林《そうりん》……叢《そう》林に同じ。草むらと林。
＊磐石《ばんじゃく》……大きい岩。
＊峻壟《しゅんろう》……高い塚。
＊大槨《たいかく》……大きな柩《ひつぎ》で、槨は二重の柩の外側。『礼記』「喪大記」に「君は松の槨。大夫は柏の槨。士は雑木の槨」とあるが、漢代には形骸化し、灰や土をかためて槨とし、南北朝時代に磚槨《せんかく》が現われて以後、明清まで続いた。

高岡冠其南、平原承其北。
列石限其壇、羅竹藩其域。
系以循隧、洽以溝洫。
曲折相連、迤靡相属。

*書き下し文116頁

*高岡《こうこう》……高い山の尾根。『詩経国風』「周南」、巻耳に「彼《か》の高岡に陟《のぼ》れば、我が馬玄黄《げんこう》たり」とあり、『毛詩鄭箋《もうしじょうせん》』に「山脊《さんせき》を岡と曰《い》う」とある。

*冠……覆うの意味で『文選』李善《りぜん》注に「冠、覆なり」とあるが、この場合、冠として頭に喩えることで、枕を南にし北を向くの喩えとしている。

＊平原……広々とした平らな土地。平坦な野原。

＊限……陵墓などの兆域《ちょういき》の範囲を示す語。

＊循隧……底本「脩墜」につくる。『芸文類聚《げいもんるいじゅう》』巻四十によって改める。

＊隧《すい》……大規模な墳墓につくられる羨道《せんどう》。『周書』によると王者のみが隧をもうけることができたが、漢代になると隧の設置を禁止すること自体なくなった。

＊溝流《こうとく》……みぞ。この前後の文は、墓内にたまった水を排泄《はいせつ》する排水溝をさしている。考古学上では張衡の時代である後漢代の墳墓遺跡にはほとんどみられず、六朝時代の江南墓には暗渠《あんきょ》となった長大な排水溝の遺物が多くみられる。

＊曲折……折れ曲がる。筋道が入り組んで変化が多いこと。

＊迤靡《いひ》……相連なるさま。斜めに長く続くさま。『文選』李善注に「迤靡、相《あ》い連なるの貌《ぼう》」とある。

乃樹霊木、霊木戎戎。

繁霜峨峨、匪雕匪琢。

周旋顧眄、亦各有行。

乃相厥宇、乃立厥堂。


*霊木《れいぼく》……神霊が宿るとされる神聖な木。

*戎戎《じゅうじゅう》……盛んなさま。

*繁霜《はんそう》……きびしい霜。『古文苑』巻五の注釈では、「繁霜、冢上《ちょうじょう》の飾《かざり》」として、冢の装飾とみなす。

*書き下し文117頁

＊峨峨《がが》……山などが険しくそびえ立つさま。
＊周旋《しゅうせん》……ぐるぐると回ること。めぐり歩くこと。
＊顧眄《こべん》……振り返って見ること。
＊亦各有行……『詩経国風』鄘風《ようふう》、載馳《さいち》にみえる一文。『毛詩正義』載馳注に、行は道であるという。『毛詩鄭箋』載馳注に、人が思うところには道があって、他人とは各々異なると解く。
＊相……山や水の形勢をみて墓や家などの立地に適した場所を選定する方法。相地術。後世では風水を意味する場合もある。現代日本語での「家相」の「相」はこの意味による。
＊宇……建物。原意は軒の意味であるが、転じて屋根・家などの意味にとる。

直之以縄、正之以日。
有覚其材、以構玄室。
奕奕将将、崇棟広宇。
在冬不涼、在夏不暑。
祭祀是居、神明是処。

*書き下し文117頁

*縄……縄を使用して測量時の助けとすること。『管子《かんし》』に「夫《そ》れ縄、撥《かたむ》くを扶《たす》け以《も》って正となす」とあることによる。

＊正之以日……太陽を用いた測量法をさす。『詩経国風』「鄘風」、定之方《ていしほう》中《ちゅう》に「揆之以日（これを揆《はか》るに日を以てし）」とあり、「日」は日の出、日の入をはかって東西を知ることから。

＊覚……まっすぐなこと。『詩経小雅』「鴻鴈之什《こうがんしじゅう》」、斯干《しかん》に、「殖殖《しょくしょく》たる其《そ》の庭《てい》、覚《かく》たる其《そ》の楹《えい》あり（平らかな宮殿の庭、まっすぐな堂中の柱）」とあることによる。

＊玄室《げんしつ》……陵墓の中にある柩《ひつぎ》を収める部屋。

＊奕奕《えきえき》……非常に美しいさま。

＊将将《しょうしょう》……盛に美しいさま。張衡が好んだ表現で『東京賦』にも「済済焉将将焉」とある。

＊崇棟《すうとう》……高い屋根をもつ棟。

＊広宇《こうう》……大きな屋根。

修隧之際、亦有掖門。
掖門之西、十有余半、
下有直渠、上有平岸。
舟車之道、交通旧館。
寒淵慮弘、存不忘亡。

*書き下し文118頁

*掖門《えきもん》……宮殿の正門の左右にある小さな門。ここの文意は、隧がつきるところに掖門が建てられるの意。

＊十有余半……『古文苑』巻五の注によると、土地の広いところの十分の一のところに掖門があり、その半ばを掘るの意とする。すなわち土地の掖門が敷地全体の十分の一のところにあって、そこから西に十戻り、さらに半ばした所という意で、敷地のすぐ外側の意。

＊直渠《ちょっきょ》……まっすぐな溝。

＊平岸……平かな岸。

＊旧館《きゅうかん》……古い宿屋。また古い館。『礼記』「檀弓《だんぐう》」上に「孔子《こうし》衛《えい》に之《ゆ》き、旧館人の喪《も》に遇《あ》う。入《い》りて之《これ》を哭《こく》して哀《かな》しむ。」とあり、喪礼に関する孔子の見解として有名なもの。

＊存不忘亡……君子は生きている時、死んだときのことを忘れない。『易経』「繋辞《けいじ》伝」の「君子は安して危うきを忘れず、存《ぞん》して亡《ほろぶる》を忘《わす》れず、治まりて乱るるを忘れず」より。

恢厥廟壇、祭我兮子孫。
宅兆之形、規矩之制、
希而望之方以麗、践而行之巧以広。
幽墓既美、鬼神既寧、
降之以福、如水之平。
如春之卉、如日之升。

＊書き下し文118頁

＊廟壇《びょうだん》……父母や祖先をまつる祭場《さいじょう》。
＊宅兆《たくちょう》……墓場。墓地。
＊規矩《きく》……寸法や形などの規範。
＊卉《くさき》……草木の総称。

『家賦』書き下し文

*原文104頁

輿《こし》に載《の》り歩《ほ》に載り、地勢《ちせい》これを観《み》る。
此《こ》の平土《へいど》を降《お》り、彼《か》の景山《けいざん》を陟《のぼ》る。
一升一降《いっしょういっこう》、爾《すなわ》ち斯《こ》れを以《も》って安《やすん》ず。
爾《しか》れば乃《すなわ》ち巍山《ぎざん》を隳《くず》し、険《けわ》しき陸《おか》を平《たいら》かにし、
藂林《そうりん》を刊《き》り、磐石《ばんじゃく》を鑿《うが》ち、峻壟《しゅんろう》を超《こ》え、大槨《たいかく》を構《かま》う。
高岡《こうこう》その南に冠《かんむり》し、平原《へいげん》その北に承《う》く。
石を列《なら》べてその壇《だん》を限《かぎ》り、竹を羅《つら》ねてその域《いき》を藩《かぎ》る。

系《つい》で隧《すい》を循《めぐら》すを以《も》って、
洽《あまね》く溝瀆《こうとく》を以《も》って、
曲折《きょくせつ》して相《あ》い連《つら》なり、迤靡《いひ》相《あ》い属《つら》なる。
すなわち霊木《れいぼく》を樹《う》え、霊木戎戎《じゅうじゅう》たり。
繁霜《はんそう》峨《が》峨《が》たり、
雕《けず》るに匪《あら》ず、琢《みが》くに匪《あら》ず。
周旋顧眄《しゅうせんこべん》し、また各行《おのおのみち》有り。
すなわち厥《そ》の宇《う》を相《そう》し、すなわち厥の堂《どう》を立《た》つ。
これを直《ただ》すに縄《なわ》を以《も》ってし、これを正《ただ》すに日《ひ》を以《も》ってす。

その材《ざい》を覚《ただ》すことありて、以《も》って玄室《げんしつ》を構《かま》う。

奕奕将将《えきえきしょうしょう》、崇棟広宇《すうとうこうう》、冬に在《あ》りて涼《うすらさむ》からず、夏に在《あ》りて暑《あつ》からず。

祭祀《さいし》は是《ここ》に居《お》き、神明《しんめい》は是に処《よ》る。

隧《すい》を修《しゅう》するの際《きわ》に、また掖門《えきもん》有り。

掖門の西《にし》、十有余半《じゅうゆうよはん》、下に直渠《ちょっきょ》有り、上に平岸《へいがん》有り。舟車《しゅうしゃ》の道、旧館《きゅうかん》に交通《こうつう》す。

寒淵《かんえん》にして慮《おもんばか》ること弘《ひろ》し、存《ぞん》して亡《ほろぶる》を忘《わす》れず。厥《そ》の廟壇《びょうだん》を恢《ひろく》し、我《われ》とや子孫《しそん》を祭《まつ》る。宅兆《たくちょう》の形《けい》、規矩《きく》の制《せい》、希《こいねがい》てこれを望《のぞ》めば、方《まさ》に以《も》って麗《うるわ》し、践《ふみ》てこれを行えば、巧《たくみ》に以《も》って広《ひろ》し。幽墓《ゆうぼ》は既《すで》に美《うつく》しく、鬼神《きしん》は既《すで》に寧《やすらか》なり。これを降《くだ》して以《も》って福《ふく》とし、水《みず》の平《たいら》かなるが如《ごと》し、春の卉《くさき》の如《ごと》し、日の升《のぼる》が如《ごと》し。

張衡年譜

元号	西暦	事績	その他の事項
建初三年	七八年	南陽郡西鄂《せいがく》県（現在の河南省南陽市臥竜《がりょう》区）に生まれる。南陽の豪族の家系で、父は地方官吏、祖父・張湛《ちょうたん》は蜀《しょく》郡の太守。	後漢第三代章帝（在位七五～八八年）の時代。
青年時代		洛陽と長安に遊学、五～六年の歳月を過ごす。	
永元十二年	一〇〇年	二十二歳になり、南陽郡太守の鮑徳《ほうとく》の守簿《しゅぼ》となる。	
延平元年	一〇六年		後漢第六代安帝（在位一〇六～一二五年）即位。

永初元年	一〇七年	洛陽と長安の繁栄を活写した『東京賦《とうけいふ》』『西京賦《さいけいふ》』を著す（これらを総称して「二京賦《にけいふ》」という）。	倭国王の帥升《すいしょう》が、一六〇人の生《せい》口《こう》（奴隷）を献じて朝貢《ちょうこう》する。
永初二年	一〇八年	飽徳《ほうとく》が大司農に栄転し洛陽に戻ってしまったため、官を辞す。	
永初五年	一一一年	後漢第六代安帝に召されて、尚書台《しょうしょだい》の郎中《ろうちゅう》として出仕した。この時、揚雄《ようゆう》の『太玄経』に触れたことで、天文や数学の研究を始める。	
元初元年	一一四年	尚書侍郎《じろう》となる。	

元初二年	一一五年	三十七歳で、暦法機構の最高官職である太史令《たいしれい》となる。	
元初四年	一一七年	水力渾天儀《こんてんぎ》を発明する。	
永寧二年 建光元年	一二一年	公車司馬令《こうしゃしばれい》となる。	
延光四年	一二五年		安帝没。少帝の擁立騒動を経て、後漢第八代順帝(在位一二五~一四四年)即位。
永建元年	一二六年	順帝即位後、再び太史令《たいしれい》となる。	
陽嘉元年	一三二年	地動儀《ちどうぎ》を発明する。	

陽嘉二年	一三三年	宦官《かんがん》を批判。侍中《じちゅう》となる。その後、官を辞して下野したとされる。	洛陽大地震（四月）。
永和元年	一三六年	河《か》間国《かんこく》（現在の河北省南東部）の相となる。	
永和三年	一三八年	尚書として呼び戻される。『帰田賦』を著す。甘粛で発生した朧西《ろうせい》地震は七百キロ離れた洛陽に設置された地動儀が感知した。	
永和四年	一三九年	洛陽で病死。享年六十一歳。	

参考文献

小尾郊一・花房英樹『文選』（全七巻、集英社『全釈漢文大系』、一九七四年〜一九七六年）
内田泉之助・網祐次ほか『文選』（全八巻、明治書院『新釈漢文大系』、一九六三年〜二〇〇一年）
斯波六郎・花房英樹『文選』（筑摩書房『世界文学大系』、一九六三年）
網祐次『文選』（明徳出版社『中国古典新書』、一九六九年）
高橋忠彦・神塚淑子『文選』（上下、学習研究社『中国の古典』、一九八五年）
興膳宏・川合康三『文選』（角川書店『鑑賞 中国の古典』、一九八八年）
内田泉之助ほか『文選』（明治書院『新書漢文大系』全四巻、二〇〇三年〜二〇〇七

年）
川合康三ほか五名『文選　詩篇』（岩波文庫　全六巻、二〇一八年一月より刊行）
大東文化大學東洋研究所「藝文類聚」研究班『藝文類聚訓讀付索引　巻九』（巌南堂書店、一九九三年）

令月、時は和し気は清し
――――張衡『帰田賦』

2019年4月29日　第1刷発行

編　者　東京古典研究会
発行者　宮下玄覇
発行所　MPミヤオビパブリッシング
〒160-0008
東京都新宿区四谷三栄町8-7
電話(03)3355-5555　FAX(03)3355-3555
発売元　株式会社宮帯出版社
〒602-8157
京都市上京区小山町908-27
電話(075)366-6600
http://www.miyaobi.com
振替口座 00960-7-279886
印刷所　シナノ書籍印刷株式会社
定価はカバーに表示してあります。落丁・乱丁本はお取替えいたします。

 ISBN978-4-8016-0206-9 C0298